DE LA NOBLESSE

DE LA PEAU,

OU

DU PRÉJUGÉ DES BLANCS

CONTRE LA COULEUR

DES AFRICAINS ET CELLE DE LEURS DESCENDANS

NOIRS ET SANG-MÊLÉS.

PARIS. — IMPRIMERIE DE FAIN,
RUE RACINE, Nº 4, PLACE DE L'ODÉON.

DE LA NOBLESSE

DE LA PEAU,

OU

DU PRÉJUGÉ DES BLANCS

CONTRE LA COULEUR

DES AFRICAINS ET CELLE DE LEURS DESCENDANS

NOIRS ET SANG-MÊLÉS;

PAR M. GRÉGOIRE,

ANCIEN ÉVÊQUE DE BLOIS, ETC.

PARIS.

BAUDOUIN FRÈRES, LIBRAIRES,

RUE DE VAUGIRARD, N°. 17.

1826.

DE LA NOBLESSE
DE LA PEAU,

ou

DU PRÉJUGÉ DES BLANCS

CONTRE LA COULEUR
DES AFRICAINS ET CELLE DE LEURS DESCENDANS

NOIRS ET SANG-MÊLÉS.

CHAPITRE PREMIER.

Des préjugés en général. Origine de celui qui concerne
la couleur des Africains et de leurs descendans.

Un préjugé, dans l'acception la plus étendue,
est une opinion qui, adoptée sur parole ou
sans examen, peut être vraie ou fausse ; mais
un usage assez commun en restreint la signi-
fication aux opinions erronées. L'ignorance,
la paresse, une déférence passive à l'autorité,
l'intérêt et l'orgueil sont les sources les plus
ordinaires des préjugés. Dans l'intérieur de l'A-

1

frique on a trouvé des peuplades noires qui croient que le diable est blanc, et qui, n'ayant vu que rarement des Européens, considèrent leur couleur blanche ou blafarde comme un symptôme de faiblesse provenant de maladie.

Chez tous les peuples la loi ou l'opinion distingue les rangs et assigne à chacun le sien. Quand elles sont en opposition, ce qui n'est pas rare, comme par exemple en Europe sur le duel, l'ascendant de l'opinion fait taire la loi ; mais quand ces deux causes sont en harmonie, leur influence simultanée. forme des habitudes persévérantes.

Le principe fondamental des sociétés politiques est de subordonner la force physique à la force morale, en confiant à celle-ci la direction de la première vers tout ce qui est utile, c'est-à-dire juste. Si jamais on ne s'écartait de cette règle, ce serait le gouvernement des gens de bien, des hommes les *meilleurs*, une véritable et la seule désirable aristocratie, c'est la définition que suggère l'étymologie de ce dernier mot ; mais les méchans étant plus audacieux, s'associèrent les faibles et les lâches qui, presque partout, font la majorité, puis subjuguèrent les bons. Voilà comment il est arrivé que l'ineptie et le crime, depuis si long-temps, sont en possession de gouverner les peuples, sauf quelques exceptions fort rares.

Les puissans de la terre eurent toujours une propension à croire et surtout un grand intérêt à faire croire que l'éminence de leur rang étoit la mesure de leur mérite, et qu'autant ils surpassaient les autres en autorité, autant ils excellaient en vertus, en talens. Les peuples égarés, ou tremblans, adoptèrent comme vérité cette erreur grossière. Déjà la pauvreté et la faiblesse étaient subordonnées l'une à la richesse et l'autre à la puissance. Ainsi la puissance et la richesse envahirent toutes les dignités, toute la considération sociale ; par une conséquence naturelle, le mérite réel, mais indigent, timide et modeste, fut dédaigné ou même frappé d'ignominie. Les régulateurs de l'opinion, distribuant à leur gré le blâme et l'éloge, le mépris et l'estime, réservant celle-ci pour les hauts mendians et les hauts parasites, mirent en honneur la fainéantise, dégradèrent l'agriculture et d'autres professions utiles.

De là l'établissement des castes. L'Inde eut

ses brachmanes, elle eut ses sanskara-varnah ou sang-mêlés, ses pariahs ou *hors-caste*, qui n'appartiennent à aucune des quatre castes principales.

La Grèce et Rome eurent des ingénus et des esclaves. En deçà et au delà des Pyrénées on conspua sans raison des classes obscures nommées cagots et agots. En Espagne s'établit la distinction odieuse entre les *christianos vejos* et les *christianos nuevos*, quoique la grandesse d'Espagne, en majeure partie, soit d'origine maure ou judaïque. Ce dernier préjugé s'est presque éteint; mais à Valence, à Majorque, la prévention avilit encore quelques milliers d'hommes connus sous le nom de *xouettas*.

Dans le moyen âge, le régime féodal, une des grandes aberrations de l'esprit humain, établit une distance énorme entre les nobles et les *vilains*, c'est-à-dire entre quelques milliers de fainéans titrés et des millions d'hommes laborieux. Le voyageur Linschott fut étonné de voir qu'à la côte de Malabar les *Naïrs*, ou maîtres, c'est-à-dire les guerriers de race, laissaient croître leurs ongles, ce qui leur donnait une haute considération, car c'était l'indice certain qu'ils n'étaient pas obligés de travailler pour vivre (1). Le même usage subsiste à la Chine et en d'autres contrées. Ces détails font sourire de pitié les Européens qui avaient l'équivalent sous d'autres formes. Jusqu'en 1789, que signifiaient en France ces mots usités dans le droit coutumier, *vivre noblement?* n'était-ce pas le synonyme de *fainéanter?* Les nobles eussent cru déroger en se livrant à des travaux manuels, si mal à propos nommés *serviles* jusque dans le langage ecclésiastique; et ne voyez-vous pas encore aujourd'hui des féodaux démonétisés, jeter de la défaveur sur les *industriels?* n'ont-ils pas même tenté d'opposer à cette qualification celle d'hommes *religieux?*

Chez tous les peuples, les dépositaires de l'autorité sont distingués par quelques signes extérieurs qui, parlant aux yeux, avertissent qu'ils sont ou se prétendent fonctionnaires; mais la faveur et surtout la vanité ont introduit en diverses contrées d'autres distinctions personnelles ou héréditaires, qui placent ceux

---

(1) *Voyez* Linschott; in-fol., Amsterdam, 1638, pag. 81.

qui les portent sur des piédestaux plus relevés de l'état social. De là une foule de noblesses différentes : noblesse des grands ongles, des ongles teints en rouge, des pieds très-petits, des oreilles volumineuses et pendantes ; noblesse des nés percés et décorés d'anneaux métalliques ; noblesse du tatouage, noblesse du turban vert chez les musulmans, du vêtement jaune et du bâton de vieillesse à la Chine, du bonnet blanc dans le Congo ; noblesse des parchemins, *noblesse de la peau*, etc.

Dans l'antiquité, les esclaves furent quelquefois traités durement ; mais l'affranchissement ne leur laissait presque rien à désirer. Cependant, chez les Romains, l'affranchi formait un intermédiaire entre l'esclave et le citoyen, mais son fils était toujours réputé *ingénu*. D'injustes préjugés ne privaient pas Épictète ni Horace de la faveur de ce qu'on appelait les grands, *magnates*, et ne les empêchaient pas de dormir paisiblement sous les lauriers qui ombrageaient un affranchi et le fils d'un affranchi.

Les Grecs et les Romains eurent aussi des esclaves nègres, spécialement pour le service

des bains (1), et l'on ne voit pas que leur couleur ait été un titre de plus au mépris.

La noblesse des parchemins était dans tout
son lustre quand l'avarice coloniale établit la
noblesse de la peau, car c'est une invention mo-
derne. Au crime d'avoir arraché les Africains
de leur terre natale, de les avoir chargés de
chaînes et assommés de coups, on ajouta celui
d'imprimer une flétrissure ineffaçable à leur
couleur. Ce préjugé parut aux blancs une invention merveilleuse pour étayer leur domina-
tion. Ils prononcèrent qu'une peau africaine
excluait des avantages de la société. Combien
d'astuce et d'efforts déployés pour établir cette
doctrine ! N'ont-ils pas cent fois appliqué aux
nègres la malédiction prononcée sur Chanaan ?
Tour à tour on les a vus invoquer la Bible, en
dénaturer le sens pour faire descendre du ciel
l'esclavage, puis la contredire en niant l'unité
de type dans la nature humaine, en soutenant
que le noir est une race différente et ravalée

---

(1) *Voyez* le *Musée Pio-Clementino*, par Visconti,
tom. III, pag. 4 et pl. 35; et Caylus, *Recueil d'Anti-
quités*, tom. V, pag. 247; et tom. VII, pag. 285, etc.

au bas de l'échelle des êtres (1). Forcés dans ces retranchemens, ils ont répondu à des argumens irréfragables, en parlant d'intérêts commerciaux, de balles de coton, de barriques de sucre, comme si des calculs mercantiles pouvaient balancer la justice et fléchir la rigueur des principes; comme si la justice seule n'était pas pour les individus et pour les états l'ancre du salut, le gage de la stabilité et du bonheur.

Diviser pour régner fut toujours et sera toujours la maxime favorite des despotes ecclésiastiques, politiques et domestiques. Les colons tentèrent ensuite et malheureusement ils réussirent à susciter l'aversion entre les noirs et les sang-mêlés. Ce moyen de consolider et d'aggraver l'esclavage doit être pour les Africains de toutes les nuances un avertissement salutaire sur la néccessité d'abjurer leurs préventions.

L'autorité gouvernante et ses agens s'empressèrent de cimenter l'ouvrage de la cupidité.

---

(1) Voyez *Examen de l'Esclavage en général, et particulièrement de l'Esclavage des Nègres dans les colonies*; par. V. D. C., ancien colon. 2 vol. in-8°. Paris, 1802 et 1803.

En 1770, un magistrat du Port-au-Prince qui, par sa place, devait protéger le malheur, s'exprimait ainsi en parlant des Africains : « Il est » nécessaire d'appesantir sur cette classe le mé- » pris et l'opprobre qui lui est dévolu en nais- » sant ; ce n'est qu'en brisant les ressorts de leur » âme qu'on les conduit au bien (1) » ; des hommes que l'*on conduit au bien en brisant les ressorts de l'âme !* Ici la démence égale la férocité.

En 1767, lettre du ministre de la marine qui trace la ligne de démarcation entre les nègres et les Indiens. Ceux-ci, assimilés aux Français, peuvent aspirer à toutes les charges et dignités dont les noirs sont exclus (2). Pour franchir cet obstacle, quelques sang-mêlés sollicitaient la grâce d'être réputés Indiens. Alors une lettre ministérielle vint repousser leur demande. « Cette faveur détrui- » rait le préjugé qui établit une distance » à laquelle les *gens de couleur et leurs des- » cendans* ne peuvent jamais prétendre; il

---

(1) *Voyez* les *Affiches américaines* de 1770.

(2) Voyez *Lois et Constitutions des Colonies françaises*, par Moreau de Saint-Méry ; in-4°. Paris, tom. 5, pag. 80 et suivantes.

» importe au bon ordre de ne pas affaiblir
» l'état d'humiliation attachée à l'espèce, en
» quelque degré qu'il se trouve (1). »

En 1761, le conseil du Port-au-Prince
avait enjoint aux notaires et aux curés d'in-
sérer dans leurs actes les qualités de nègres,
mulâtres et quarterons (2).

En 1773, défense aux noirs et aux sang-
mêlés de prendre « les noms de leurs pères
» putatifs, quoique de race blanche. Ordre
» d'ajouter au nom de baptême un surnom
» tiré de l'idiome africain, pour ne pas dé-
» truire cette barrière *insurmontable* que l'o-
» pinion publique a posée, et que la *sagesse*
» du gouvernement maintient (3). »

En 1779, défense aux gens de couleur de
s'assimiler aux blancs par le vêtement, les
parures. Injonction de porter les marques ca-
ractéristiques qui les discernent.

En 1717, un arrêt du conseil du Cap avait

---

(1) Voyez *Lois et Constitutions des Colonies françaises*,
par Moreau de Saint-Méry; in-4°. Paris, tom. 5, pag. 80
et suivantes.

(2) Tom. IV, pag. 412.

(3) Tom. V, pag. 448 *et suiv*.

accordé au bourreau l'insigne faveur d'avoir pour femme une négresse condamnée à être pendue (1); mais les mariages des blancs de l'un et de l'autre sexe avec des noirs étaient sévèrement prohibés (2), sous peine de punitions et d'amendes *arbitraires*.

Un nègre ayant été convaincu de liaison criminelle avec une blanche mariée, intervint une sentence portant qu'il ferait amende honorable, la corde au cou, puis qu'on lui couperait le poing, et qu'il serait pendu; mais le tribunal supérieur, mitigeant la peine, se contenta de lui faire couper les oreilles, de lui faire appliquer la fleur de lis sur les deux joues, et de le faire fouetter par le bourreau. La femme fut renvoyée en France dans un couvent (3). Les blancs qui avaient commerce avec des Africaines, devaient être condamnés seulement à une amende de deux mille livres de sucre qu'on ne payait jamais, car jamais le coupable n'était poursuivi, ni puni.

---

(1) Tom. II, pag. 568.

(2) Tom. III, pag. 88 *et suiv.*, et pag. 382; tom. V, pag. 821.

(3) Tom. II, pag. 114 *et suiv.*

Telle était la prévention contre les mariages mixtes qu'un marguillier aux Cayes de Jacmel ayant épousé une estimable quarteronne, une sentence l'obligea de quitter le banc de l'œuvre ; et, par une contradiction étrange, un Juif, connu pour tel, nommé de Pas, était alors marguillier de la paroisse d'Aquin.

CHAPITRE II.

Effets résultans du préjugé sur la noblesse de la peau.

AVILIR les hommes est le moyen de les rendre vils. Actuellement encore, en Europe, le despotisme emploie cette tactique qui, loin d'être un effort de génie, atteste la stupidité de ceux qui en font usage. Un instinct secret et une fourberie traditionnelle lui disent que l'ignorance et la misère des peuples sont des freins pour les museler. Il redoute cette classe de penseurs qui subissent volontiers le joug des lois, mais dont l'obéissance est raisonnée; qui s'empressent de porter leur contingent d'impôts au trésor national, mais à condition d'être instruits de l'emploi qu'on fait du produit de leurs sueurs. Ils sont très-incommodes pour les ministres et leurs agens, ces penseurs dont l'œil toujours ouvert sur l'administration poursuit le machiavélisme jusque dans ses derniers subterfuges, et dont la sagacité pour en pénétrer les secrets est égale ou supérieure à la fourberie qui les cache, et s'em—

presse d'en faire confidence au public. De là
cette haine contre la diffusion des lumières
parmi le peuple; de là ce déchaînement de
pamphletaires salariés contre l'enseignement
mutuel ; de là cette obstination scandaleuse
qui, à certaines fêtes, convoque dans les car-
refours, dans les promenades, des bipèdes à
figures humaines , pour leur jeter de la pâ-
ture comme aux chiens. Dans ceux qui accou-
rent à la curée, on ne voit que des crapu-
leux, mais comment qualifier ceux qui ordon-
nent et ceux qui exécutent?

Ces réflexions attristantes ramènent à con-
sidérer le système d'avilissement dirigé contre
les noirs. Si ces infortunés avaient quelque
idée de la dignité humaine, s'ils étaient ini-
tiés à la connaissance d'une religion divine
qui, éclairant l'esprit, épurant les affections,
console dans le malheur, convaincus que le
vice seul flétrit, élevant leurs regards vers
le ciel, ils lutteraient contre tous les efforts
par lesquels on s'efforce de les dégrader; mais
que peut-on espérer d'hommes chez lesquels
on étouffe tout sentiment moral, auxquels
sans cesse on présente les séductions et les
exemples d'un libertinage effréné, et qui, trai-

tés comme des bêtes de somme, comme elles obéissant à la force et aux coups, nourrissent contre leurs tyrans des désirs de vengeance.

Ces dispositions modifiées, mais quelquefois plus acerbes, existent chez la plupart des Africains libres ; victimes d'un préjugé établi par la cupidité, accepté par l'ignorance, sanctionné par les gouvernemens et fortifié par l'habitude ; naturellement irascibles, ils s'indignent d'être frappés d'une sorte de réprobation, uniquement parce que leur teinte rembrunie est réputée chez les blancs pire qu'une maladie cutanée, et que leurs demeures sont considérées comme une sorte de léproserie. Les qualités les plus brillantes de plusieurs noirs et sang-mêlés ne pouvaient, aux yeux des colons, les relever de l'humiliation à laquelle les condamnait le préjugé colonial. Un écrit publié récemment nous révèle que, dans les premiers temps de la révolution française, les colons du Cap français exclurent de leurs rangs, comme homme de couleur, M. Laîné (1), aujourd'hui mi-

_____

(1) Voyez *De Saint-Domingue et de son indépendance*. Haïti, 1824, et Bruxelles 1825, in-8°., pag. 40.

nistre d'état et pair de France, le même qui, en 1819, déploya la fureur d'un énergumène contre un député de l'Isère. Mais, sans remonter à une époque déjà éloignée, il suffit de citer les vexations, les iniquités exercées en 1823 contre des hommes de couleur de la Martinique.

Pour les créoles, un effet naturel de la flétrissure imprimée à la couleur, fut d'écarter soigneusement tout indice qui pût faire soupçonner que dans leurs veines circulait une goutte de sang africain ; on vit même des quarterons, par ce motif, plaider en faveur du préjugé. Tandis qu'en France des sots vaniteux glissaient un *de* avant leur nom patronimique, espèce d'échelon pour s'accrocher à la caste noble, le mépris pour la couleur africaine était réputé, selon l'expression même des planteurs, un *boulevart colonial* ; être blanc fut un honneur, surtout *grand blanc*, car l'orgueil repoussait avec dédain ce qu'on appelait les *petits blancs*.

On se rappelle les instructions de Malouet, ministre de la marine, à des négociateurs envoyés vers le président Pétion. On offrait l'honneur ineffable de lui donner et à quelques au-

tres personnages des *lettres de blanc*. Les
gouvernemens n'avouent presque jamais qu'ils
aient commis une erreur, ou fait une sot-
tise; aussi, d'après l'usage de la diploma-
tie européenne, on désavoua cette offre comme étant une ineptie ministérielle. Ne dés-
espérons pas d'apprendre un jour que des
rois africains voulant honorer des Européens
leur accorderont des *lettres de noir*.

Un autre mal résultant du préjugé dont il
s'agit, fut un désordre effroyable dans les
mœurs. Les femmes esclaves étant livrées sans
réserve à la lubricité des colons, pour elles la
distinction la plus élevée était la préférence
brutale d'un maître libertin. La contagion
devait immanquablement atteindre les mulâ-
tresses, qui, flattées d'être courtisées par des
blancs, croyaient trouver dans ces liaisons
immorales une sorte de compensation au
mépris lancé sur la couleur. De là le concubinage hideux qui a toujours infecté les
colonies, et qu'une habitude invétérée perpé-
tue même dans les contrées où l'esclavage
est supprimé.

Avant la révolution, quelquefois la noblesse
se rapprochait de la roture par le mariage. On

2

vit des hoberaux ruinés, et même des courti-
sans, épouser des filles de financiers et de colons opulens. Dans leur langage insolent ils
appelaient cela *prendre du fumier pour en-
graisser leurs terres*. Des mariages mixtes entre les couleurs étaient plus rares qu'entre la
roture et la noblesse. L'idée de mésalliance
était exaltée à tel point qu'un blanc marié à une
mulâtresse, était dès lors exclus des sociétés
blanches et sa femme à plus forte raison. Un
blanc vivant en concubinage avec une Africaine, n'était pas déshonoré, il l'était s'il l'é-
pousait. La subversion des principes peut-elle
aller plus loin ?

Une suite de ce désordre fut l'inhumanité
des blancs envers leurs enfans issus de femmes
africaines qui étaient repoussés par ces pères
barbares, et c'est nous philanthropes qui, à
l'Assemblée constituante, à la Convention, et
par nos écrits avons été les défenseurs de leur
progéniture. Il est donc vrai que la cupidité et
l'orgueil éteignent la pitié, étouffent les inspi-
rations les plus sacrées de la nature chez les
hommes, qui, pour faire triompher la prééminence fantastique de leur couleur, ont érigé en
principe le mépris d'une partie de la famille

humaine. L'accumulation des faits atteste que l'esclavage et le préjugé sur la noblesse de la peau corrompent également les maîtres, les esclaves et les affranchis.

CHAPITRE III.

Observations sur les contrées et sur les classes de
personnes parmi lesquelles le préjugé de la noblesse
de la peau est plus enraciné.

LA trame ourdie par les Européens pour
avilir les Africains et leur couleur s'est pro-
pagée dans diverses classes de la société, chez
les peuples ayant des colonies et des esclaves.
Mais le préjugé est plus tenace chez les négriers, les planteurs et dans les cours où certaines gens, les uns propriétaires coloniaux,
les autres intéressés au commerce de la traite,
partagent les profits sanglans de l'esclavage.

En général les femmes blanches, abjurant
la bonté naturelle de leur sexe, sont plus que
les hommes cruelles envers les nègres (1), surtout envers les négresses et femmes de couleur,
quand, chez ces dernières, les traits de la beauté
et les grâces naturelles ou acquises les font en-
visager comme des rivales capables de provo-
quer des infidélités conjugales. L'aversion des
femmes créoles, en pareil cas, s'appuie sur

(1) Voyez *Notes on the West-Indies by Pinkard*, in-8°.
London; 1816, p. 343 et 348.

deux motifs, l'un condamnable, la vanité; l'autre très-légitime se rattache à la règle des bonnes mœurs. La mobilité du caractère féminin n'exclut pas l'inflexibilité dans tout ce qui se rattache à l'amour-propre. Dernièrement on citait une dame créole livrée à tous les emportemens de la fureur pour avoir vu un blanc domestique derrière la voiture d'un noir et d'un sang-mêlé.

Le préjugé sur la noblesse de couleur n'exista jamais chez les nations qui n'avaient pas de colonies; chez celles qui en avaient, des mœurs radoucies admettaient quelques exceptions. Amo, nègre, prenait ses grades de docteur à l'université de Wittemberg et présidait ensuite à des thèses soutenues par des blancs. Annibal, en Russie, devenait lieutenant-général et directeur du génie; Angelo-Soliman, généralement estimé à la cour de Vienne, épousait une dame noble de Christiani; Jean Latinus était professeur à Grenade; et, même en France, le fameux Saint-Georges, qui excellait dans tous les arts d'agrément, faisait les délices de ce qu'on appelait assez improprement la bonne compagnie.

Quoique l'Espagne et le Portugal eussent

I

une énorme quantité d'esclaves, leur sort en général n'était pas excessivement dur. L'esprit religieux leur ménageait des ressources d'instruction et de liberté. Ces deux puissances eurent dans leurs possessions d'outre-mer des noirs et des sang-mêlés, avocats, militaires, médecins, prêtres; on a même vu chez les Portugais deux Congois élevés à l'épiscopat, qu'ils honoraient par leur conduite (1).

En Europe les situations respectives des femmes entre elles les rapprochent plus que celles des hommes; communément la distance est moindre entre les maîtresses de maison et leurs servantes, qu'entre les maîtres et les serviteurs. Mais cette remarque est inapplicable aux femmes créoles dans les colonies. Rien de plus ridicule que leur attention extrême, surtout à la Louisiane, pour éviter toute liaison avec les personnes de leur sexe qui, dans un degré même éloigné et collatéral, se rattachent à quelque généalogie africaine.

A Cuba, quand les blanches vont à l'église, une esclave porte devant elles un tapis, et quelquefois une petite chaise, mais la femme

---

(1) Voyez *Noticias do Portugal*, etc.; par Faria, in-fol. *Lisboa*, 1740, pag. 222.

noire ou de couleur la plus riche n'oserait aspirer à cette prérogative. Un voyageur récent cite même une quarterone qui ne put jamais obtenir l'autorisation d'épouser un blanc (1).

Le préjugé de couleur existe au suprême degré dans les colonies chez les Français, les Hollandais, les Anglais, et surtout aux États-Unis. Ceci rappelle une anecdote qui ternit un peu la gloire de Washington : il avait beaucoup d'esclaves. Un auteur anglais, Edward Rusthon, lui adresse, en 1797, un excellent mémoire en forme épistolaire sur la contradiction qu'offrait sa conduite et les principes républicains dont il s'était constitué le défenseur. Washington lui renvoie la lettre *enveloppée d'un papier noir* (2).

Les argumens péremptoires d'Edward Rusthon s'appliquent à la république des États-Unis, dont les citoyens, à ses yeux, sont très-répréhensibles. «Vous justifiez, dit-il, vo-

---

(1) Voyez *L'île de Cuba, et la Havane;* par M. Masse, in-8°. Paris, 1825, p. 171 *et suiv.*, et p. 283.

(2) Voyez *Poems and others Writings by the late Edward Rusthon*, etc. *London*, 1824, p. xxiij de la Vie de l'auteur, et p. 169 *et suiv.* de l'ouvrage.

tre révolution par le droit naturel à la liberté; mais les esclaves vous opposent le même argument, et cet argument est sans réplique; chatouilleux sur vos droits, pouvez-vous oublier ceux des autres? »

Le message adressé le 5 décembre 1825, par le président Quiney-Adams, au congrès des États-Unis, est un document riche de principes, d'observations et de faits, sur lesquels l'esprit et le cœur se reposent avec intérêt; on y voit que ce gouvernement poursuit avec fermeté l'exécution de la loi contre la traite, mais on regrette de n'y trouver aucune mesure adoptée ou proposée pour hâter la suppression définitive de l'esclavage dans les états méridionaux de cette république.

On répondra, je le sais, que, d'après le pacte fédéral, l'article de l'esclavage est dans les attributions exclusives de la législature particulière à chacun des états qui compose l'*union*; mais des vœux, des conseils, dans l'intérêt même des planteurs ne seraient-ils pas un titre de plus aux éloges que mérite le message du président?

CHAPITRE IV.

Le préjugé sur la prééminence de la couleur blanche,
combattu par la raison et la religion.

Dire que l'aversion des blancs pour la couleur africaine a un fondement dans la nature,
c'est une assertion démentie par l'existence
des sang-mêlés, aujourd'hui si nombreux dans
toutes les contrées qui ont eu ou qui ont encore des esclaves. Le délire seul pourrait sup-
poser que l'affection et la haine, l'estime et le
mépris forment des échelles de proportion ap-
plicables aux couleurs tranchées de l'espèce
humaine et aux nuances intermédiaires. Les
Américains indigènes sont d'un rouge cuivré;
mais le mélange des nations a diversifié les
figures. Le père Taillandier, missionnaire jésuite, remarquait, il y a déjà plus d'un siècle,
qu'à Mexico, depuis le blanc jusqu'au noir,
sur cent visages à peine en voyait-on deux
qui fussent de même couleur (1).

_____

(1) Voyez *Lettres Édifiantes*, in-12. Paris, 1781.
Tom. XI, p. 380 et 381. La *Lettre du P. Taillandier*
est de l'an 1717.

Des peuplades diversement colorées sont dis-
séminées sur toute la terre. Dans le midi de
l'Europe ne voit-on pas une multitude de figures plus basanées que beaucoup de celles des
sang-mêlés ? Où placerez-vous la ligne sépa-
rative de la honte et de l'honneur ? Pour résoudre ce problème, vos colons seront aussi
embarrassés que les défenseurs du pouvoir ab-
solu pour tracer la limite entre l'usurpation et
la légitimité. Jamais ils n'ont pu nous montrer
le point indivisible où l'une finit et l'autre
commence.

Des phrases triviales sur la pureté du sang
n'en imposent qu'aux hommes irréfléchis, qui
acceptent de confiance les mots sans les définir.

Le sang qui circule dans les veines d'un mu-
lâtre est un mélange d'Européen et d'Africain ;
par quelle fatalité le contingent fourni par l'A-
fricain étend-il sur toute la personne l'excom-
munication civile et politique ? Jadis les féodaux d'Europe parlaient aussi de la pureté du
sang. Comment n'ont-ils pas appliqué cette
règle à certaines dynasties, à certains monar-
ques dont le sang (très-pur sans doute), a
circulé jusque dans les cloaques les plus im-
mondes de la débauche ?

Les droits absolus et respectifs des hommes
sont-ils fondés sur leur couleur ou sur leur
nature? Les enfans du même père ne sont-ils
pas tous les objets de sa tendresse? L'unité de
type dans l'espèce humaine, proclamée par la
révélation, est en général avouée des naturalistes, surtout par le célèbre Blumenbach. Le
très-petit nombre de ceux qui, contestant ce
principe, ont admis différentes races, ne pré-
tendirent jamais que, dans la répartition des
avantages, l'une dût être frappée d'exhéréda-
tion au profit des autres. Dernièrement encore,
M. Bory de Saint-Vincent élevait, sur l'unité
du type humain, des doutes qu'il s'efforce vainement de concilier avec nos livres saints;
mais en même temps son cœur plaide éloquem-
ment la cause des malheureux Africains.

L'organisation d'un gouvernement doit as-
surer à chacun la jouissance de ses droits,
comme prix de l'accomplissement de ses devoirs, car droits et devoirs sont corrélatifs à
tel point qu'on ne peut concevoir l'idée des
uns séparée des autres. Un compilateur mo-
derne se récrie contre l'assemblée constituante,
qui à la déclaration des droits ne joignit
pas celle des devoirs. Elle est très-juste cette

observation que beaucoup d'autres ont faite
avant lui, mais quand il s'indigne qu'on n'en
ait pas même fait la demande, ce zèle est en pure
perte; les journaux du temps, qu'il a compul-
sés sans doute, lui ont dit que cette demande
fut faite par l'auteur même de cet écrit (1),
qui s'honorera toujours d'être pour M. Charles
de Lacretelle l'objet privilégié de ses outrages.

Il est imprudent et dangereux de dérouler
aux hommes la charte de leurs libertés,
sans leur montrer la ligne qu'ils ne doivent
pas franchir; mais est-il moins injuste de
leur imposer des devoirs, sans leur recon-
naître des droits parallèles ? Contester ceux-ci,
c'est les dispenser des autres, c'est les repla-
cer dans l'état de nature et de défense légitime contre leurs oppresseurs. Les conséquences
d'une telle situation feraient frémir les colons
s'ils avaient le courage de se replier sur eux-
mêmes, et de se dire : « A la place de ces infortunés, quels seraient mes idées, mes désirs,
mes projets ? » Tenez pour certain que si ce
blanc était tout à coup réduit en esclavage,
il maudirait ceux qui l'auraient chargé de

(1) Voyez le Moniteur, année 1789, n°. 33, p. 138
et 139.

fers, et réclamerait à grands cris sa liberté.
Il en serait de même de ces créoles hautaines
qui abreuvent de mépris les femmes de couleur ; si la main créatrice substituait soudain
à la blancheur de leur épiderme le noir-jai
des figures africaines, à l'instant elles chan-
geraient de langage.

Les âmes n'ont pas de sexe, a dit quelqu'un,
et ce mot a fait fortune. Mais les âmes ont-
elles une couleur? Quelle que soit la teinte
de notre enveloppe matérielle, elle peut cou-
vrir les vertus les plus sublimes, comme les
désordres les plus honteux. Maintes fois on
a vu des planteurs saisir avidement cette occasion de se répandre en doléances déclama-
toires sur la dépravation des noirs, des sang-
mêlés esclaves et libres.

Observons : 1°. que raisonner ainsi c'est se
placer hors de la question physique pour
attaquer le côté moral ; 2°. en supposant
comme vérités de fait ces accusations; à qui la
faute? Quand on a, par système, abruti les
hommes, a-t-on droit d'en exiger des vertus ?
Une telle conduite ne peut se comparer qu'à
celle de ministres qui tolèrent, autorisent,
afferment et dirigent des jeux, des loteries,

des lieux de débauche, sources empoisonnées
de tous les crimes, et qui rabâchent ensuite des
jérémiades hypocrites sur l'abandon de la religion et des mœurs. Qu'arrive-t-il? Les criminels subissent la peine, mais les provoca-
teurs, plus coupables, sont impunis; que dis-
je, ne sont-ils pas honorés et célébrés?

L'ignorance et l'immoralité des peuples accusent les gouvernemens. L'ignorance et l'immoralité des Africains accusent sans relâche
les négriers, les colons, et tous leurs complices, car quel exemple donnez-vous à ces infortunés? Vos femmes croiraient se déshonorer
en fréquentant des femmes noires ou de couleur, fussent-elles des Lucrèces; elles croiraient déroger, soit en épousant, soit en admettant à vos tables, à vos fêtes des hommes
qui ont la teinte rembrunie, fussent-ils des
Socrates; ceux d'entre eux qui sont vertueux,
ont résisté à la contagion de votre exemple; les
vicieux y ont cédé. Plus vous en dites de mal,
plus vous aggravez vos torts. Ils sont ce que
vous seriez si les événemens vous avaient placés
dans la même position, toutefois avec cette différence, que les vices sont plus hideux chez
vous dont l'éducation a développé l'intelli-

gence, et qui avez été éclairés des lumières de l'Évangile, tandis que ces malheureux furent privés de ces bienfaits.

Dans la décrépitude de nos sociétés européennes, l'estime est une monnaie qu'il importe d'économiser. Pour la placer convenablement, appréciez les hommes non d'après leur couleur, leur puissance, leurs richesses, mais d'après leurs qualités personnelles. Agir ainsi c'est coopérer aux œuvres de Dieu. Dans l'état réputé le plus abject aux yeux des mondains, l'homme de bien, qu'il soit noir, sang-mêlé ou blanc, esclave ou libre, est plus grand aux yeux de l'Éternel qu'un être dépravé, fût-il ceint du diadème. Sa bonté embrasse l'univers *sans acception de personnes.* Pourquoi ces expressions sont-elles plus de vingt-cinq fois répétées dans la Bible, sinon pour inculquer plus efficacement la vérité et le précepte qu'elles renferment? Les philosophes antiques, les moralistes païens nous ont laissé quelques maximes admirables, mais aucune n'égale la sublimité du précepte évangélique: Vous aimerez le prochain comme vous-même (1).

_____

(1) Voyez *Matth.* XIX, 19; et *Marc,* XII, 31.

Ce *comme vous-même* appelle et commande la réflexion. En méditant ces paroles qui pourrait ne pas remarquer un vide effrayant dans la conduite de cette multitude de zélateurs acariâtres, tracassiers, persécuteurs, déchirant à belles dents, et calomniant saintement, autrefois contempteurs des autels, mais qui, tout à coup convertis à la religion par la politique, ont improvisé la ferveur et parodié la piété en lui substituant la dévotion de parade. Le christianisme bien connu, bien pratiqué, renverserait toutes les barrières interposées entre les nations qu'il doit un jour réunir dans un même bercail. Combien est adorable cette religion qui, adaptée à tous les âges, les sexes, les états, dans tous les siècles, tous les lieux, comme les rayons du soleil, appartient à l'univers !

Aux États-Unis d'Amérique, des noirs et des sang-mêlés, agrégés à diverses sectes, ont des temples séparés; l'antipathie pour la couleur les y a forcés. Mais l'église catholique a répudié un préjugé inconciliable avec l'Évangile; chez elle point de distinction de couleur dans la répartition des biens spirituels. Tous sont admis à la même table eucharistique. Elle a frappé de *censures* la conduite de missionnaires jésuites en Asie qui, pour ne pas heurter des prétentions de castes, refoulaient dans l'humiliation les parïahs convertis. L'Église, qui cite avec éloge des laïcs, des prêtres, des évêques de toutes les nuances, inscrit dans son calendrier des Africains dont la sainteté fut jadis préconisée par l'assentiment universel, et ceux qui, postérieurement, à la suite d'investigations régulières et juridiques, furent mis au nombre des saints. En 1806, Pie VII canonisa saint *Benoît de Palerme*. Des potentats, fléaux de la terre, sont les uns oubliés, les autres en horreur à la postérité, tandis qu'un pauvre nègre, citoyen du ciel, reçoit les hommages des catholiques de toutes les couleurs.

Le saint-siége, par l'organe de ses pontifes et surtout d'Alexandre III, a proclamé que, la nature n'ayant pas fait d'esclaves, tous les hommes ont un droit égal à la liberté (1).

En 1683, le cardinal Cibo intimait aux

_____

(1) *Voyez* dans la lettre d'Alexandre III, à Lupus, roi de Valence, dans les *Historiæ anglicanæ scriptores*, in-fol. *Londin.*, 1652, t. 1, p. 587.

missionnaires d'Afrique l'ordre de s'opposer à ce qu'on vendît les nègres (1). .

Quoiqu'en général les planteurs connoissent peu la religion qui cependant, pour tous les hommes dans leur trajet rapide sur la terre, doit être l'objet le plus important de leurs soins, un pressentiment vague leur disait qu'initier les noirs au christianisme, c'était miner insensiblement la traite et l'esclavage. En approuvant la fondation de colonies américaines, le gouvernement français avait prescrit de les préparer au baptème, de les instruire; cette injonction, tant de fois réitérée, atteste la négligence et l'opposition des planteurs (2). Il en fut de même dans les colonies hollandaises et anglaises. Par là s'expliquent les mauvais traitemens, les cruautés exercées dans ces dernières années à Demerrary contre le missionnaire Smith, condamné à mort, mais qui, décédé dans un cachot, ne fut pas

---

(1) Voyez *Assley*, collection 72, p. 154, et *Benezet*, p. 50.

(2) *Voyez* Moreau Saint-Méry, *Recueil de Lois et Ordonnances*, etc., *passim*.

traîné au gibet. Par là s'explique encore la fureur des planteurs qui, en 1823, à la Barbade, détruisirent la chapelle des méthodistes et maltraitèrent leur ministre.

Ici se place une observation qui paraît neuve, c'est que dans toutes les branches des connaissances humaines, mais surtout dans ce qui concerne la religion, les principes ne sont jamais offensifs; l'abus seul est toujours par sa nature hostile et aggresseur. En France, n'avons-nous pas eu mille fois l'occasion de faire la même remarque dans la lutte ouverte depuis le commencement de la révolution, entre le courage inflexible du très-petit nombre de vrais amis des noirs, et l'acharnement implacable des négriers et des colons?

Quand la raison et la religion rencontrent l'intérêt ou l'orgueil, ordinairement elles subissent une défaite. La doctrine de la charité pourrait-elle s'amalgamer à ces deux vices? Mais les négriers, les colons et leurs complices ont une religion à leur guise; elle est comme celle des cours et celle des mondains, l'antipode de celle du Rédempteur. Ils l'écoutent sans répugnance lorsqu'elle instruit, ils la repoussent lorsqu'elle exige la réforme des

mœurs. De l'Évangile on fait comme un ca-
nevas auquel les passions adaptent une bro-
derie différente. A des êtres de cette trempe,
vouloir inculquer des notions plus saines en
exigeant qu'ils y conforment leur conduite,
ce serait demander un miracle égal à celui
qui, sur le chemin de Jérusalem à Damas,
terrassant saint Paul, en fit un homme nouveau.

Un préjugé qui n'a d'appui que dans l'intelligence, cède facilement à la raison ; il en est
autrement lorsque des penchans coupables sont
intéressés à le défendre, car l'homme tient
plus à ses affections qu'à ses lumières. De
toutes les maladies morales du genre humain,
l'orgueil est la plus ancienne comme la plus re-
belle : il se diversifie sous les formes mêmes les
plus ignobles ; chez le sauvage, il veut briller
par la longueur des ongles, des oreilles, et la
perfection du tatouage ; chez ce qu'on appelle
nations civilisées, par des habits, des cordons, des parchemins ; chez les planteurs, par
la noblesse de la peau : ces diverses inepties ne
sont que des modifications du même système.

Extirper la vanité greffée sur l'avarice, c'est
une entreprise qui excède les forces humaines,

mais sans être fauteur de ces vices, ne pourrait-
on pas leur donner une direction moins per-
verse et prouver aux planteurs qu'ils s'égarent
dans de faux calculs ; que leur intérêt même
exige de préparer sans délai un nouvel ordre
de choses, seul moyen d'échapper aux dangers
imminens et inévitables qui se manifestent ?

CHAPITRE V.

Les Colons eux-mêmes sont intéressés à la destruction
du préjugé sur la couleur.

La proclamation d'indépendance des États-
Unis fut la date d'une ère nouvelle pour
l'Amérique. Les principes étant posés, il ne
s'agissait plus que d'en déduire les conséquences et de les appliquer; mais voyez l'injustice
des hommes; on traitait d'égal à égal avec
des tribus sauvages; on affectait d'observer
ponctuellement les clauses du contrat, tandis
que les états méridionaux de la nouvelle république continuaient la traite et tenaient sous
le joug des milliers d'esclaves en imprimant
la flétrissure à leur couleur. Cette contradiction de conduite s'explique aisément, mais
rien ne peut en pallier l'iniquité.

Honneur immortel à la société des quakers.
En affranchissant leurs esclaves, en déclarant,
l'an 1754, exclu de leur sein quiconque ne
les affranchissait pas, ils donnèrent un exemple que toutes les sociétés chrétiennes auraient

dû imiter, un exemple sur lequel les catholiques auraient dû prendre l'initiative.

Depuis lors les idées de liberté qui, tra-
versant l'Atlantique, venaient circuler en Europe ; la formation de sociétés d'amis des noirs
en Angleterre et en France ; les débats de
l'Assemblée constituante où germaient tant de
hautes conceptions, tant de sentimens géné-
reux ; la publication d'une foule de bons ou-
vrages éveillant l'attention publique, prou-
vèrent la nécessité de modifications urgentes
dans le système colonial et présagèrent sa
chute.

Brusquer l'émancipation générale eût été
une entreprise insensée et désastreuse ; jamais
aucun philanthrope ne la proposa, et les colons
qui, cent fois, ont assuré le contraire, men-
taient sciemment. N'avons-nous pas sans cesse
supplié les planteurs de renoncer au commerce infâme de la traite, d'adoucir les rigueurs de l'esclavage, d'adopter des réglemens
qui, par une marche progressive et graduelle,
préviendraient des troubles et amèneraient
sans secousse des changemens commandés par
la justice et par leur intérêt personnel ?

Que firent les colons ? Semblables à tous les

despotes qui jamais ne trouvent les peuples
assez mûrs pour la liberté, au lieu d'alléger
le joug, la plupart des colons l'agravèrent. A
des écrits raisonnés, ils opposaient sans relâche des diatribes anonymes contre ces amis
des noirs qu'ils appelaient *blancophages* et
assassins. A les entendre nous aiguisions contre eux les poignards, nous voulions les faire
égorger, nous étions des traîtres à la patrie,
et lorsqu'une discussion sur cet objet avait
occupé les représentans de la nation, à peine
la séance était levée que les colons faisaient
crier dans toutes les rues de Paris : « Voici la
» liste des députés qui, à la séance d'aujour-
» d'hui, ont voté en faveur de l'Angleterre
» contre la France. » Communément en tête
de cette liste était le nom d'un homme qui,
depuis près de quarante ans, plaidant la cause
des Africains, fut dix-huit ou vingt ans seul sur
la brèche, quand la lâcheté fermait la bouche
aux méticuleux; après la cessation du danger,
ils ont brandi leur épée, ils ont vanté leur
propre courage.

La génération présente pourrait-elle croire
que la grande question coloniale fit éclore en
France, calcul fait, plus de sept cents écrits

les uns (c'est le plus petit nombre), rédigés avec modération , revendiquaient la justice ; les autres , presque tous empreints de fiel , tissus de plaisanteries grossières, d'impostures et d'outrages dont le temps fera justice.

Les événemens qui se sont accumulés dans les deux mondes , particulièrement ceux qui viennent de changer la face de l'Amérique , n'ont pas déplacé la question relative aux Africains esclaves ou libres ; mais ces événemens offrent toutes les données propres à la résoudre.

En général les nations avancent plus en connaissances qu'en vertus. Souvent même on voit de grands talens associés à l'immoralité, à la bassesse. En théorie, la politique est une branche de la morale, elle en est presque toujours l'antipode dans la pratique. Dans la vieille Europe le despotisme est organisé, tandis que, de fait, la liberté, celle même qui est établie en droit, reste inactive ; on a multiplié les scandales de paroles puniques, et de promesses fallacieuses ; mais la raison publique, réagissant contre l'hypocrisie , soumet à l'examen toutes les prétentions , broie tous les faux préjugés , tous les abus.

Dans nos armées, lorsqu'elles défendaient la liberté, dans nos corporations littéraires et surtout dans nos assemblées politiques, ont figuré des noirs et des sang-mêlés; la plupart y ont laissé d'honorables souvenirs. Qui pourrait ne pas se rappeler avec intérêt, ne pas déplorer la mort tragique de ce jeune *Mentor,* qui, sous la teinte africaine la plus foncée, avait un cœur si bon, une sagacité si pénétrante et des vues si lumineuses? Confondus avec les blancs dans toutes les relations sociales, ils n'avaient pas à se plaindre d'une distinction injurieuse, et cette égalité complète était devenue une douce habitude. Il en est à peu près de même dans toute l'Europe, chez nos voisins; les clameurs de quelques colons, de quelques vieilles créoles, ne trouvent pas même d'échos.

En fondant Sierra-Léone, des philanthropes anglais réalisèrent le projet de porter la civilisation en Afrique. Leurs voyageurs se succèdent sans interruption pour explorer cette région dans tous les sens. Organe de la volonté nationale, le ministère britannique poursuit l'abolition de la traite avec une persévérance qu'on s'efforce en vain de calomnier; il stipule cette abolition dans ses traités avec des chefs africains et même des princes asiatiques, entre autres l'Iman de Mascate. D'après une convention avec Radama, ce roi des Ovas a prohibé la traite à ses nombreux sujets, et il envoie de jeunes Madecasses à l'île Maurice et en Angleterre, pour leur procurer tous les avantages d'une bonne éducation.

Dans le parlement d'Angleterre, l'esclavage et toutes les questions accessoires seront l'objet de discussions solennelles; des orateurs, non moins distingués par l'éclat du talent que par celui des vertus, secondés d'ailleurs hors de leur enceinte par les écrits d'autres hommes doués des mêmes qualités, feront retentir les accens de la justice et de la charité évangélique en faveur des Africains et de leurs descendans, et ces accens, par les feuilles périodiques, retentiront dans les deux mondes.

Le gouvernement anglais, toujours soigneux d'associer aux intérêts présens les intérêts de l'avenir, prélude à la chute du système colonial dans toutes ses possessions par des mesures préparatoires. Telles sont entre autres la suspension du travail le dimanche, la sanctification de ce jour, la manière de régulariser les mariages des esclaves, l'admission en jus-

tice de leur témoignage, la défense d'infliger
aux femmes le châtiment ignominieux du
fouet, etc. (1). L'application de ces mesures
aux îles de Sainte-Lucie et de Tabago, etc., a
obtenu un plein succès; à la Trinidad au contraire les colons blancs ont regimbé contre la
sagesse du gouvernement, formé opposition
et envoyé des remontrances amères, surtout
contre la suppression du fouet qui, dans leur
manière de voir, est identique avec l'existence
de l'esclavage. Mais un fait très-remarquable,
c'est que les colons libres, noirs et de couleur,
propriétaires d'esclaves et du sol, au moins
pour moitié, ont refusé de signer le mémoire
des colons blancs.

La république Haïtienne, par le fait seul de
son existence, aura peut-être une grande influence sur la destinée des Africains dans le
nouveau monde. Des opinions très-divergentes

---

(1) Voyez *The second Report of the Committee, of
the Society for the mitigation and graduel abolition of
Slavery*, in-8°. *London*, 1825, p. 1 *et suiv.* — *The slave
colonies of Great-Bretain or a picture of negro Slavery
drawn by, the colonists themselves*, in-8°. *London*,
1825, etc.

se sont manifestées sur la reconnaissance de
cette république, par un acte qui n'a pas d'a-
nalogue dans les formulaires diplomatiques.
Aux motifs et aux faits connus ou devinés par
le public, qui ont provoqué, escorté et suivi
cet événement, se sont jointes des prédictions,
des conjectures, que le temps éclaircira; mais,
abstraction faite des chances de l'avenir, en
écartant tout ce qui est étranger à la question
présente, pour ne parler que des faits de l'existence et de la reconnaissance, ils comblent
l'intervalle entre les variétés blanches et noires; et remarquez que tout ce qui tend à réha-
biliter la couleur africaine, prouve simultanément contre la traite et l'esclavage; car ces
questions sont connexes et indivisibles. Une
république noire au milieu de l'Atlantique est
un phare élevé, vers lequel tournent leurs regards les oppresseurs en rugissant, les opprimés en soupirant. A son aspect l'espérance
sourit à cinq millions d'esclaves épars dans les
Antilles et sur le continent américain.

Une secousse universelle a ébranlé le nouveau monde. De toutes parts on y parle de
droits, de devoirs, de constitutions, de repré-
sentation nationale; partout resplendissent les

emblèmes de la liberté, l'esclave les voit; partout se font entendre les chants de la liberté, l'esclave les entend. Croyez-vous que ces étincelles électriques n'atteignent pas son cœur ?

Elles agitent plus puissamment encore cette multitude de libres noirs et sang-mêlés, victimes du préjugé sur la prééminence d'une couleur; douée des avantages physiques, qui, de l'aveu des naturalistes, résultent du croisement des races, la classe des sang-mêlés augmente journellement en nombre et en force. Dans diverses contrées, par exemple à Cuba, la paresse et la morgue castillane ayant abandonné aux hommes de couleur les arts et métiers, leur aptitude naturelle à les exercer leur a procuré l'aisance que donne l'industrie, et l'industrie, devenue un levier puissant des relations commerciales entre les diverses parties du globe, contribue à décréditer des décorations et des titres qui seraient d'un prix inestimable s'ils étaient décernés d'après la décision d'un jury national; mais qui, distribués par le caprice et la faveur, ne sont plus guère considérés que comme des hochets avec lesquels on amuse de grands enfans. Elle triomphera la maxime que

chacun est fils de ses œuvres. La noblesse de la
peau subira le même sort que celle des parchemins. Ils en ont le pressentiment ces libres noirs
et sang-mêlés qui, lorsque tous les moyens
d'instruction leur seront accessibles, ne redou-
teront aucune concurrence. Déjà elle est nom-
breuse et honorable la liste de ceux dont on a
parlé ci-devant, comme jurisconsultes, avocats, médecins, professeurs, écrivains; d'autres, élevés au sacerdoce, sont, par là même,
revêtus d'un caractère qui les entoure du respect de toutes les couleurs (1). Ainsi, la marche des événemens, l'exemple, l'habitude,
l'intérêt, tendent à placer de niveau l'Africain,
l'Indien, l'Européen et le créole.

Jadis l'opinion, armée de lois et de règle-
mens, avait établi des castes. Pour les dernières, la justice n'avait conservé que son ban-
deau. Ce ressort du despotisme est usé. Parmi

---

(1) Voyez *De la Littérature des Nègres*, etc., in-8°,
Paris, 1808, et un écrit intéressant, en portugais, imprimé récemment : *Discorso Historico Refutatorio Poli-
tico*, etc., in-8°. Rio de Janeiro, 1825. L'auteur ano-
nyme qui s'intitule *Voyageur des pays coloniaux*, est un
prêtre, homme de couleur, le père Leonardo.

ces lois, ces ordonnances, déjà les unes sont
révoquées, les autres tombées en désuétude ou
abhorrées.

L'ancien monde gravite aussi, quoique len-
tement, vers la liberté. Une foule d'émigrans,
stimulés par des spéculations commerciales ou
tiraillés par la persécution, portent à l'Amérique leur activité, leurs talens, et lui de-
mandent en échange l'aisance, la tolérance et
l'égalité devant la loi. Entre ces fractions
de cinquante peuples divers, fondus les uns
dans les autres, l'union conjugale établira des
rapports intimes. Par là même sera frappé de
réprobation ce concubinage que la licence des
colons avait exporté d'Europe; tandis que
l'expansion des lumières assurera la liberté in-
tellectuelle, l'amour du travail amènera la liberté civile, et la sainteté du mariage, épurant les mœurs, affermira la liberté publique.

Elle est évidente cette révolution morale,
résultat immédiat des révolutions politiques.
Elle commande la fusion des couleurs et des
intérêts, pour les mettre en harmonie avec le
pacte fondamental et pour souder les sociétés
nouvelles. Tel est le motif qui, joint au sentiment de la justice, a dicté les déterminations

de quatre républiques, Colombie, Mexique, la Plata, Guatemala, pour abolir la traite et l'esclavage. Tandis qu'en Europe, des gouvernemens chrétiens (seulement de nom) déploient des efforts sataniques pour aider les sectateurs de Mahomet à fouler aux pieds la croix de Jésus-Christ, des républiques américaines s'associent d'intention et même de fait à la cause sacrée des Grecs; croyez-vous qu'elles puissent même concevoir l'idée d'exhéréder les tribus africaines transplantées dans des climats étrangers, et de leur refuser les droits personnels, ou les droits de propriété? Huit cent mille esclaves dans les possessions anglaises n'invoqueront pas en vain une main libératrice : mais que fera le Brésil avec une forme de gouvernement exotique au Nouveau-Monde, et qui sans pudeur continuant la traite, vient dans un traité politique de stipuler pour quatre ans encore la continuation de ce trafic abominable, quoique déjà on y compte dix-neuf cent mille esclaves? Que feront ces États-Unis, où plus de seize cent mille Africains sont encore dans les fers? Que feront-ils pour concilier, comme républicains, cette contradiction avec leurs principes, et pour justifier, comme chré-

tiens, cette profanation des maximes évangé-
liques ?

Il y a trente-cinq ans que j'écrivais aux enfans de l'Afrique dans nos colonies : « Un jour
» le soleil n'éclairera parmi vous que des
» hommes libres, et les rayons de l'astre qui
» répand la lumière ne tomberont plus sur des
» fers et des esclaves (1). »

La fureur coloniale traita de provocation ce
qui n'était que prévision, qu'espérance pour
un temps indéterminé, et jusqu'à l'époque ac-
tuelle inclusivement, que de libelles, de ca-
lomnies, d'injures et de persécutions dirigées
contre l'auteur. Si les planteurs n'eussent pas
été frappés d'une cécité morale, ils auraient
entrevu que des établissemens fondés sur l'esclavage, c'est-à-dire sur le crime, devaient
prochainement subir des changemens ou s'é-
crouler. Le présent révélait l'avenir. L'Amérique, depuis la découverte, fut appelée le
Nouveau-Monde ; cette dénomination lui con-
vient à double titre, d'après la métamorphose
politique qu'elle vient d'éprouver.

---

(1) Voyez *Lettre aux citoyens de couleur et nègres
libres*, in-8°. Paris, 1791, p. 12.

Certes, ils sont aussi amis des blancs ces amis des noirs qui, intercédant pour les malheureux Africains, vous conjuraient de remplacer les fers par des lisières, de substituer à la cruauté des actes de bonté qui, sans trouble, sans effusion de sang, auraient préparé le passage de la servitude à la liberté. Planteurs déchaînés contre ceux qui vous signalaient le danger, ouvrez enfin les yeux : vous dormiez sur un volcan ; en repoussant tous les conseils, vous l'avez attisé, et vous êtes près du cratère ; craignez que la persévérance à maintenir les rigueurs de l'esclavage, ne suscite dans chaque colonie un Spartacus, un Toussaint-Louverture qui, méprisant vos mépris, réclamera par la force les droits qu'il ne peut obtenir par la raison. Peut-on sans frémir ne pas prévoir les excès auxquels se porteraient de part et d'autre le ressentiment et la colère ? Combien serait déplorable l'aveuglement qui s'obstinerait à voir une provocation, une menace dans ce qui n'est en réalité qu'un avertissement dicté par la religion, et par les sentimens de charité, de prudence qui devraient constamment guider tous les hommes et présider à leur conduite.

4.

Je terminerai ce chapitre par quelques réflexions adressées exclusivement aux âmes re-
ligieuses, les autres ne me comprendraient
pas.

Le hasard est un mot vide de sens, enfanté
par l'ignorance; les incidens les plus minutieux
en apparence, sont coordonnés au système général de l'univers, et contribuent par leur en-
semble à sa régularité. Certes, ils sont bien
aveugles, bien à plaindre ceux qui dans le
tableau mouvant de ce bas monde ne voient
que le concours des causes et des effets, sans
tourner leurs regards vers la main qui dirige
tout d'une manière conforme à ses vues. Le
chrétien attentif à les méditer dans ce qui lui
est personnel et dans ce qui est commun aux
autres hommes, rattache tous les événemens à
cette chaîne invisible, dont le premier anneau
est fixé à la voûte du ciel. Voilà le point de dé-
part pour apprécier des faits sur lesquels il
n'est pas donné à l'homme de scruter complé-
tement les desseins de la Providence, mais il
peut du moins soulever un coin du voile qui
les couvre.

Les combinaisons qui caractérisent les œuvres de Dieu dans le monde physique, comme

dans le monde moral offrent les preuves mul-
tipliées de cette ordonnance complexe et pro-
fonde. Malheur à la politique qui prétend fon-
der la prospérité d'un pays sur le désastre des
autres, et malheur à l'homme dont la fortune
est cimentée par les larmes de ses semblables.
Il est dans l'ordre essentiel des choses réglées
par le Créateur, que ce qui est inique soit en
même temps impolitique, et que d'épouvan-
tables catastrophes en soient le châtiment.
L'homme coupable ne subit pas toujours ici-bas
les peines qu'il a méritées, parce que, suivant
l'expression de saint Augustin, l'Éternel a l'é-
ternité pour punir. Il n'en est pas de même des
nations qui, envisagées sous cette dénomination
collective, n'appartiennent pas à la vie future.
Dès ce monde elles sont ou récompensées,
comme les Romains, pour quelques vertus humaines (1), ou punies, comme le furent tant de
peuples, pour des forfaits nationaux, par des
calamités nationales. Avec les coupables se
trouvent enveloppés des innocens ou qui nous
paraissent tels, mais la justice et la bonté di-

---

(1) *Voyez* Saint-Augustin, *de Civitate Dei*, l. 3.

vine savent appliquer des compensations qui
échappent à notre faible intelligence.

Les calamités qui accablent les gouvernemens et les nations, sont un article sur lequel
en Angleterre des prédicateurs et des écrivains
pieux ont appelé fréquemment l'attention publique (1). Le but de ces calamités n'est pas
susceptible d'une démonstration rigoureuse,
mais le rapprochement de beaucoup de faits,
peut élever cette assertion jusqu'à la certitude
morale.

La traite des nègres et leur esclavage sont,
depuis trois siècles, le grand crime de divers
états européens. Aux fléaux expiatoires qui
déjà en ont frappé plusieurs, qui sait si, dans
les deux mondes, ne succéderont pas prochainement d'autres fléaux sur les hommes, sur les
contrées qui perpétuent un crime national ?

Ce langage, il faut s'y attendre, sera traité
de fanatisme par certains personnages ; c'est un
de ces désagrémens pour lesquels depuis long-

---

(1) Voyez *L'Europe châtiée et l'Afrique vengée*, par
M. Stephen, in-8°. *Londres*, 1818, et l'analyse de ce
livre, dans la *Chronique religieuse*, in-8°. Paris, 1819,
T. IV, p. 121 *et suiv.*

temps j'ai contracté l'habitude d'une entière résignation (1).

---

(1) Voyez *De la Traite et de l'Esclavage des Noirs et des Blancs;* par un ami des hommes de toutes les couleurs, in-8°. Paris, 1815, p. 36 *et suiv.*

CHAPITRE VI.

Moyens d'accélérer l'abolition du préjugé sur la prééminence de la couleur : influence des lois, des magistrats et du clergé.

La justice et la vérité sont des biens communs et du domaine de tous les peuples, de tous les individus; tous ont intérêt à ce qu'elles triomphent, tous ont mission pour combattre le vice et l'erreur, et chacun, dans la sphère de ses relations, doit y contribuer, car chacun est tenu de faire tout le bien qui est en son pouvoir. La solidarité de droits et de devoirs est un lien qui unit toutes les ramifications du genre humain.

La tâche des devoirs à remplir est donc plus étendue pour ceux qui, élevés en dignité, appliquent les lois, et, à plus forte raison, pour ceux qui, placés à la sommité politique, abrogent, modifient et créent les institutions.

Précédemment on a remarqué que déjà sont tombées en désuétude diverses lois et ordonnances dictées par le préjugé, qui s'interposaient entre les couleurs. De ce nombre est le décret de l'an 14 (1805) qui prohibait en France les mariages des blancs avec des personnes noires ou sang-mêlées ; mais des lois, abrogées par l'usage, par l'opinion, sans être révoquées d'une manière formelle, sont une menace subsistante, un épouvantail tenu en réserve pour effrayer et punir. Telles sont en Angleterre les lois contre les catholiques d'Irlande, et chez nous plusieurs décrets, soit de Napoléon, soit du régime de la première terreur, arsenal *draconien*, dans lequel une terreur nouvelle a pris souvent des armes pour servir une tyrannie succédant à l'autre.

D'ailleurs les lois sont illusoires quand elles sont paralysées par l'incurie ou par la cupidité. Telle est la loi qui chez nous prohibe la traite, tandis que le pavillon français, profané par des négriers, porte sans cesse la désolation et le ravage sur les côtes de la Guinée (1). Des cannibales du continent européen pourvoient de chair humaine d'autres cannibales de la Martinique et de la Guadeloupe. Qu'ils aient des complices à Marseille, Bor-

---

(1) Voyez *Nineteend report of the directors, of the african institution*, etc., in-8°. *London*, 1825, p. 9.

deaux, Saint-Malo, le Havre, Paris et autres
villes, cela est croyable; mais Nantes est le
foyer de ce brigandage. A Nantes sont des
monstres humains dont les yeux homicides
sont braqués sans cesse vers l'Afrique et les
Antilles, et qui sont plus redoutables pour
les nègres que les panthères et les tigres.
A qui persuadera-t-on que les autorités françaises ne puissent prévenir, ni réprimer ces
attentats, quand elles ont pour auxiliaires
des gendarmes, des commissaires de police et
des hordes d'espions? D'ailleurs la forme des
navires, leur structure intérieure, leurs genres
d'approvisionnemens, et d'autres indices en
manifestent la destination. Comme le sang
d'Abel, le sang des Africains crie vengeance
contre des Nantais déloyaux. Le crime est
continu et impuni, peut-il l'être sans qu'il y
ait connivence intéressée !

L'Angleterre, les États-Unis et d'autres pays
ont frappé d'infamie les négriers, en les assimilant aux pirates, en leur décernant les mêmes punitions, et si des instances réitérées
n'ont pu obtenir qu'en France on adoptât cette
mesure, ce refus n'est pas inexplicable. L'o-
pinion publique suffisamment éclairée y sup-

pléerait chez des hommes qui auraient conservé
quelques sentimens de religion, de pudeur,
d'humanité; par respect pour eux-mêmes ils
refuseraient certainement de se trouver à la
même table, au même salon avec des négriers,
et sous ce nom il faut comprendre tous les individus qui, vendeurs, acheteurs, armateurs,
assureurs, commanditaires, chirurgiens, ma-
telots, etc., etc., participent au crime. On re-
garderait du même œil tous ceux qui jouissent
de fortunes acquises ou transmises, dont la
source est si odieuse; on les fuirait comme
on fuirait des militaires qui, après avoir figuré
dans les rangs des défenseurs de la liberté, seraient devenus les séides du despotisme. Tels
sont ces Français aveuglés par la soif de l'or,
qui ont vendu leur expérience, leur bravoure
à la férocité musulmane contre les Grecs.

L'opinion rejetterait encore dans le cloaque
de l'infamie, tous ceux qui par des mœurs dépravées scandalisent la société. La vertu, sous
une teinte africaine, obtiendrait toujours des
hommages, et le vice, sous la blancheur européenne, n'échapperait jamais à la flétrissure.

Les lois peuvent en tout pays seconder l'ex-
tinction du préjugé contre la couleur, en fa-

vorisant les mariages mixtes, en les assimilant à
ceux des autres citoyens. Elles le peuvent par
l'admission aux emplois de toute espèce, ans
égard à d'autres considérations que celle du
mérite personnel : elles le peuvent en étendant,
sans distinction d'origine, aux enfans de toutes
les classes les bienfaits de l'éducation, et les
moyens de développer leur aptitude.

Les députés de la nation contribueraient
puissamment à mûrir l'opinion *s'ils étaient li-
brement et vraiment élus ;* car ils ne sont qu'un
surcroît de calamités, quand le système représ-
sentatif faussé dans ses élémens n'est plus qu'un
simulacre. Aux avantages que, dans la question
présente, peuvent offrir les discussions de la tri-
bune, ajoutons ceux qui résultent de la publi-
cité des débats judiciaires, de ceux, par exemple, qui eurent lieu en 1824 dans l'affaire des
déportés de la Martinique, lorsque M. Isambert,
par ses mémoires et ses plaidoyers éloquens,
souleva l'indignation générale contre les persécutions suscitées aux hommes de couleur. Les
malheureux frères Faucher réclamèrent en vain
à Bordeaux l'appui d'un défenseur officieux.
Les temps sont bien changés. Les persécutés
de toute espèce, comme les enfans de l'Afrique,

sont sûrs de trouver aujourd'hui des défenseurs
dans le barreau de Paris, et dans ceux des dé-
partemens.

La différence de couleur est un accident
physique qu'on a travesti en question politique. Cette question rentre dès lors dans le
domaine de la philosophie morale et religieuse ;
l'église catholique, qui ne pactise jamais avec
le vice, a élevé sa voix contre la traite et l'esclavage, en Italie, par l'organe des papes, et
même chez nous par une décision de la Sor-
bonne, en 1697 (1). Mais, à cela près, trouve-
t-on des ministres du sanctuaire qui, en France
ou dans les colonies françaises, aient acquitté
ce devoir, tandis qu'en Angleterre et aux
États-Unis, des prédicateurs, les uns angli-
cans, les autres dissenters, ont plaidé en chaire
la cause des Africains ?

Des vicaires apostoliques, des préfets coloniaux, des évêques *in partibus*, sous ces titres
étrangers à la véritable hiérarchie, placés
dans les îles à la tête du clergé, y ont publié
quelques catéchismes en langue française et

---

(1) Voyez *Nouveau Voyage aux Antilles*, par Labat,
in-8°. Paris, 1722, T. IV, p. 119 et 120.

même en jargon créole. On y chercherait vainement des instructions sur les droits des esclaves à la liberté et sur l'obligation des colons à cet égard. Un Catéchisme français, imprimé en 1825, à l'Ile-de-France, par l'évêque de Ruspa, *in partibus*, mérite le même reproche. Un supplément est indispensable pour remplir ces lacunes.

Mais, dira-t-on, l'autorité administrative interdirait la circulation de livres élémentaires ou ascétiques rédigés sur ce plan, et les colons ne souffriraient pas qu'en chaire on leur adressât des exhortations et moins encore des objurgations sur cet article : j'attendais cette objection.

Le sanhédrin faisait incarcérer et flageller les apôtres, en leur défendant de prêcher la doctrine de leur divin maître ; les apôtres se réjouissaient d'avoir été trouvés dignes de souffrir pour le nom de Jésus, et continuaient de prêcher. A cette époque existait aussi un esclavage, moins cruel en général que celui des colonies modernes ; et si, d'un côté, ils recommandaient aux esclaves la résignation, de l'autre ils inculquaient aux maîtres la modération, l'esprit de charité ; ils proclamaient l'égalité devant Dieu, de tous les enfans de l'É-

vangile, doctrine sublime qui ébranlait tous les
despotismes, qui préparait un ordre de choses
plus approprié aux besoins du genre humain,
et qui, limant insensiblement les fers de l'esclavage antique, finit par les briser.

Un des caractères les plus augustes que Jésus-Christ lui-même donne à sa mission, c'est
qu'il est envoyé pour annoncer l'Évangile aux
pauvres (1); fonction dont il a investi le sacerdoce de la loi nouvelle !

A qui donc croiraient succéder les pasteurs
catholiques de notre époque? Est-ce aux apôtres, aux disciples ou à des prêtres, que le
prophète Isaïe appelle des chiens muets qui ne
sauraient aboyer (2)?

Les îles à esclaves ont vu des missionnaires
qui les ont éclairées par leurs lumières, qui les
ont édifiées par leurs vertus; la reconnaissance
et le respect ont inscrit dans les fastes histo-
riques les noms de Claver, Vieira, Nicholson,
Jacquemin, et surtout de ce père Boutin, décédé
à Saint-Domingue en 1742 (3) : mais il faut

---

(1) *Matth.* xi, 5. — *Luc*, iv, 18 et 722.

(2) *Isaïe*, 56, 10.

(3) Voyez *Lettres édifiantes*, in-12 Paris, 1781,

l'avouer avec douleur, leur mérite réel est encore rehaussé par le contraste qu'offraient la conduite de beaucoup de moines qui, eux-mêmes ayant des esclaves, sanctionnaient par leur exemple un usage essentiellement vicieux et criminel. Aussi dans les colonies, soit catholiques, soit protestantes, point de mœurs, point de piété, mais seulement du culte extérieur, qui n'était guère qu'une décoration théâtrale.

Quelques améliorations récentes permettent d'en espérer de plus étendues. Combien est grand et respectable le ministère du prêtre qui, au nom du ciel, chargé de défendre les opprimés, les encourage, les console, en rattachant leurs espérances à une existence nouvelle par-delà les bornes de la vie, et porte le remords et l'épouvante dans l'âme des oppresseurs. C'est particulièrement dans les contrées où l'esclavage est toléré ou établi, que les pasteurs doivent rappeler sans cesse les textes de l'Écriture Sainte, qui, assimilant aux assassins les voleurs et les vendeurs d'hommes, lancent

---

p. 195, 219 *et suiv.*; et Moreau Saint-Méry, *Description de la partie française de Saint-Domingue*, in-4°.

sur eux des anathèmes (1) ; c'est là qu'ils doivent expliquer avec autorité cet Évangile, véritable déclaration des droits et des devoirs, et cette admirable lettre de saint Paul à Philémon, en faveur de son cher Onésime; c'est là que sans cesse doivent retentir aux oreilles des planteurs ces maximes dictées par la raison et consacrées par la révélation : « Écoutez ceci, vous » qui écrasez le pauvre et qui opprimez ceux » qui sont dans l'affliction (2); ne faites pas à » autrui ce que vous ne voulez pas qu'on vous » fasse; faites pour les hommes tout ce que » vous désirez pour vous-même : vous aimerez » le prochain comme vous-même (3).

Dans ces boucheries sanglantes, appelées guerres, si fréquentes entre les chrétiens et si contraires à l'esprit du christianisme, l'usage tolère ce qu'on nomme représailles. Des esclaves qui s'échappent, et qu'alors on appelle *marrons*, n'usent pas même de représailles ; car le

---

(1) Voyez *Exode*, XXI, 16; *Deutéronom.*, XXIV, 7; I à *Timoth.*, I, 10.

(2) Voyez *Amos.*, VIII, 4.

(3) Voyez *Tobie*, IV, 16; *Matth.*, VII, XII et XIX, 19; *Marc*, VII, 31.

marronage, c'est-à-dire la fuite, n'est qu'une conséquence du droit le plus légitime; cependant il est puni par des supplices.

Quelquefois les planteurs réclamaient l'intervention sacerdotale pour ramener aux ateliers des nègres marrons; mais qui pourrait n'être pas indigné quand on voit des missionnaires, entre autres un père Fauques, jésuite, à Cayenne, parler aux fugitifs du *tort* que leur *fuite* et leur *exemple* causent à leurs maîtres (1)? Ainsi le voyageur dévalisé est coupable s'il reprend sa bourse aux voleurs. C'est là un renversement des notions les plus saines. Les actes qui établissent l'esclavage, étant une violation manifeste de la justice, portent abusivement le nom de lois. Est-ce autre chose qu'un attentat de la force contre la faiblesse? et la force fait-elle un droit? La soumission, la résignation peuvent être alors une mesure de prudence, mais jamais une obligation de conscience. C'est une vérité dont seraient pénétrés les maîtres eux-mêmes, s'ils avaient la bonne foi de se demander, comme on l'a dit précédemment, ce qu'ils désireraient, pense-

_____

(1) *Lettres Édifiantes*, etc., tom. VIII, p. 26.

raient et feraient en se supposant à la place de leurs esclaves.

Acheter des hommes est un forfait aggravé par celui de les maltraiter, et celui de les contraindre au travail sans rétribution; ainsi leur rendre la liberté, leur payer un salaire proportionné à leurs travaux, compenser par les effusions d'une tendre bienveillance tous les outrages, les mépris dont ils ont été rassasiés, voilà des devoirs rigoureux et imprescriptibles; voilà des vérités que sans crainte, sans respect humain, doivent inculquer les ministres des autels. Leur silence serait complicité de crime. Le divin maître leur a délégué les fonctions de son sacerdoce; ils en seraient indignes s'ils n'étaient en même temps les héritiers de sa charité.

CHAPITRE VII.

Continuation du même sujet. Influence des écrivains sur le préjugé concernant la noblesse de la peau. Conclusion.

Appeler au secours des Africains les hommes qui, par état, sont les interprètes de la loi évangélique et ceux qui sont les organes de la loi civile, c'est invoquer simultanément le ciel et la terre ; toutefois il ne faut pas se dissimuler qu'il y a beaucoup à rabattre des espérances qu'on pourrait concevoir.

Deux classes d'hommes des plus dépravées parmi nous sont les gens en place et les savans, gens de lettres et artistes. Hâtons-nous de prévenir les irritations de l'amour-propre en admettant des exceptions que chacun peut s'appliquer à tort ou à raison. Évêques, prêtres, sénateurs, pairs, généraux, ministres, préfets, magistrats, littérateurs, etc. ; combien de protées qui ont porté toutes les livrées, professé toutes les doctrines, suivi toutes les bannières, courtisé toutes les puissances du jour, et qui, rampans sous tous les

gouvernemens, ont toujours capté le crédit et
les faveurs. Mal à propos les compare-t-on au
Janus de la fable, il n'avait que deux faces,
ils en ont trente. Vous les connaissez. L'ido-
lâtrie politique est une des grandes plaies de
l'ancien monde. Chez nous la flatterie a souillé
les chaires et les tribunes. Le fauteuil acadé-
mique est tapissé d'adulations.

Deux sociétés d'*amis des noirs*, composées
d'hommes en place et de gens de lettres, ont
existé en France; l'une et l'autre sont mortes
d'inanition, 1°. parce que la mobilité du caractère des Français le montre tel aujourd'hui
que celui des Gaulois leurs ancêtres, peints par
César il y a dix-neuf cents ans (1). Ici le bien
et le mal sont soumis à l'empire de la mode.
Le bien même est souvent le fruit d'une exal-
tation momentanée qui retrace les paroxismes
de la fièvre; 2°. les sociétés dont il s'agit eurent aussi leurs déserteurs, actuellement en-
rôlés sous un même drapeau avec une multitude de fonctionnaires publics et d'écrivains
devenus apostats de la liberté. Leurs senti-

_____

(1) Voyez *Julii Cæsar. Commentar. de bello gallico*,
L. 4, chap. 5-6.

mens, leurs démarches, leurs liaisons, leurs
écrits, sont toujours subordonnés à l'intérêt
personnel. Erreur ou vérité, vice ou vertu,
injustice ou équité, peu leur importe, la question est de savoir ce qu'ils ont à gagner ou à
perdre dans le choix d'un parti. Ésaü vendit
son droit d'aînesse pour un plat de lentilles.
N'avons-nous pas des milliers d'Ésaü? n'avons-
nous pas de plus le marché des consciences
dans la vente des journaux? Est-il en Europe
un ministère qui n'ait à sa disposition des
trompettes d'impostures quotidiennes, et qui
ne puisse impunément assassiner les réputa-
tions les plus intègres? Elle est courte la liste
des personnages qui ne savent pas déguiser la
bassesse sous le nom de prudence, qui sans
ménagement poursuivent les abus, et dont la
couleur politique est invariablement restée la
même.

Dans tous les pays et dans tous les siècles,
la classe la plus rampante fut toujours celle
des poëtes : Despréaux lui-même adressait à
Louis XIV la menace *terrible* et niaise de
cesser d'écrire, si le roi ne cessait de vaincre.
Le Parnasse tout entier était en extase à l'aspect du monarque. De nos jours, d'autres po-

tentats ont vu se traîner à leurs pieds les
fonctionnaires publics, les écrivains et surtout les poëtes. Ils affluent autour des maîtres
de la terre et des heureux du siècle. Si, à défendre la cause des esclaves et de tant d'autres infortunés, il y avait à gagner des pen-
sions, des parchemins, des cordons, des titres,
le ban et l'arrière-ban de la littérature vole-
raient à la curée; mais les malheureux ne peuvent offrir que des bénédictions et des larmes
d'attendrissement.

Un événement récent a paru néanmoins stimuler la verve de nos rimeurs : la reconnaissance d'Haïti a même fait éclore quelques vers
bien tournés; mais l'adulation respire dans la
plupart des hémistiches, et l'objet principal
ne paraît plus que secondaire.

Pope et Joël Barlow ont eu comme poëtes
des rivaux qui les égalent, qui les surpassent;
mais les auteurs de *la Dunciade* et de *la Co-
lombiade* ne souillèrent jamais leur plume
par la flatterie que distillent à grands flots
celle de leurs successeurs. Barlow, défenseur
des nègres, est honorablement associé sur le
Parnasse anglais à d'illustres personnages qui

avec un talent désintéressé ont plaidé cette cause.

La solidarité qui lie entre eux tous les membres de l'espèce humaine, et qui est le premier anneau de *la sainte-alliance des peuples*, oblige chaque individu de concourir au bonheur de ses semblables par ses discours, ses actions, ses exemples. Tributaires de la société, ils sont criminels devant Dieu et devant les hommes, ceux qui, abdiquant leur conscience, n'ont pour code moral que le froid égoïsme ; plus criminels encore ceux qui, pour obtenir ou conserver des places ou d'autres faveurs, immolent les intérêts de leurs contemporains et de la postérité.

Telles ne sont pas, dit-on, la génération qui court à la puberté et celle qui est déjà parvenue à l'adolescence. La pureté de leurs principes n'est point encore altérée par les caresses, les promesses, les menaces ; mais sauront-elles toujours se défendre des piéges séducteurs ? Pour elles la sphère des connaissances s'est agrandie ; mais, quand de toutes parts renaissent les anciens abus et pullulent des abus nouveaux, la trempe de leur caractère promet-elle de les combattre avec une incomprèssible énergie ? La mort tous les jours éclaircit les rangs parmi les vétérans de la liberté ; jeunes athlètes qui entrez dans la carrière, à vous est dévolu l'honorable emploi d'achever leur ouvrage.

En Europe, des misérables (chrétiens de nom, renégats de fait) conspirent en faveur du croissant contre la croix et favorisent la traite des blancs, tandis que celle des noirs continue en Afrique. La civilisation n'y est qu'à son aurore : cinq millions d'Africains transportés en Amérique y sont encore dans les fers. Libérer les esclaves, répandre parmi eux et parmi ceux qui déjà sont libres, l'instruction, l'amour du travail, de l'ordre, de la vertu et surtout la piété sans laquelle les vertus n'ont aucune garantie ; que de motifs pour stimuler le zèle des philanthropes !

De toutes les questions politiques qui depuis longues années occupent les esprits, aucune n'a excité des débats plus orageux que l'esclavage colonial. Les *abolitionistes* ont eu à lutter sans relâche contre la virulence des passions les plus exaspérées comme les plus viles; sans cesse ils ont été assiégés par la haine et la calomnie. Si la perspective d'un pareil sort vous

effrayait, vous ne seriez pas dignes de soute-
nir une si belle cause.

En cultivant les sciences, la littérature et
les arts, on rencontre des jaloux, inconvé-
nient léger et qui ne trouble guère une pai-
sible existence. Il n'en est pas de même quand
on attaque des abus qui ont leurs racines dans
l'orgueil et l'avarice; mais dussiez-vous suc-
comber dans cette lutte , la défaite même serait glorieuse, et quel mérite auriez-vous à
triompher sans obstacle?

Il y a plus : en faisant aux hommes tout le
bien dont on est capable, il faut attendre d'eux
tout le contraire. Ne sont-ils pas en très-grande
majorité, méchans, hypocrites , fourbes, ingrats parce qu'ils sont lâches, et lâches parce
qu'ils sont ingrats; car ces deux vices sont
simultanément effet et cause; mais la conduite des autres ne doit pas être la règle de la
nôtre.

Le divin Rédempteur savait à l'avance qu'entre les dix lépreux qui l'imploroient, un seul
viendrait le remercier. Cette certitude n'ar-
rêta pas sa charité, et tous furent guéris. Le
cercle de la bienfaisance serait trop resserré,
si on ne l'exerçait qu'envers des êtres estima-

bles. Celui qui fait le bien dans l'espérance de recueillir les fruits d'une gratitude terrestre, ou seulement d'obtenir des éloges, *a reçu ici-bas sa récompense.* Cette décision, ou plutôt cette sentence, est sortie de la bouche de celui qui est la vérité même (1). Édifier les hommes est un devoir, mais ils sont coupables, ceux qui, pour faire une bonne œuvre, veulent absolument d'autres témoins que celui qui voit tout.

Étudier les hommes, ce n'est pas communément le moyen de les estimer. Lorsqu'après une longue expérience, avec ce triste résultat, on arrive au soir de la vie, la certitude de la quitter bientôt et d'échapper à ce monde est consolante ; mais rappelons-nous que le Père céleste fait *luire son soleil sur les méchans comme sur les bons* (2) ; que d'ailleurs, dans tout pays, chez tous les peuples, il y a des âmes pures, et que la véritable noblesse, la vertu, peut être l'apanage des hommes de toutes les couleurs.

---

(1) Voyez *Matth.* VI, vers. 5 et 6.
(2) Voyez *Matth.* V, 45.

FIN.

TABLE DES CHAPITRES.